JN093360

だんだん

Kuwabara Saburo

桑原三郎句集

ふらんす堂

目次／だんだん

句集　だんだん

I

レコードの溝

滅多打つ釘の頭や天高し

十薬を根こそぎ抜いて雨をとこ

弟よ寒夕焼がまだ消えぬ

松飾名無しの山に雲かかり

水底に犇く水や梅の花

句仏忌の昼から雪を溶かす雨

「おつぺす」と言ふ里言葉柳の芽

かなぶんの投げ損なひしごとき飛び

レコードに一本の溝敗戦日

敬老の日の翌日のご老人

指組んで指先余る秋の風

草虱妹の手の邪険なる

秋鯖の酢の香も近つ淡海かな

有難く疲れし足や寺小春

息吸つてから草笛の二節目

曼珠沙華俳句の毒はゆるやかに

靴足袋を強めに月を祀りけり

客間より畑の見ゆる走り蕎麦

猫は人を猫と思ひぬ十三夜

柚釜の苦さも句座の初めかな

水平線は少し曲線冬がすみ

馬鹿だなあなんて蹴散らす霜柱

身長を測らず久し沈丁花

夏めくや馬糞は湯気を立てながら

東京の南端に海枇杷は黄に

涼しさや鬼人形に竹の串

白がちに鶏のまぶたや初茜

汲み置きの水に埃や寒の入

かわかわと飛んで七星てんと虫

ジーパンに染めむらのあり梅祭

啓蟄や口は物言ふ穴ならむ

蝶生まれ石段の下りは音楽

ぶらんこの影ながながと地の湿り

俺に似た痩せ羅漢様風薫る

弟よ守宮は家を出てゆきぬ

雨止んで働き蟻と家をあと

足音の踏み重なりぬ荒神輿

葉桜や穴窶れたる腰べると

友引を休日の兄鮎釣りに

夏至過ぎの雨の斜めを鹿島宮

福島に異母妹のゐる麦の秋

逆光の紅葉やシートベルトは斜め

柿喰うて般若心経棒読みす

月面に影の地球や雁のころ

秋風や木馬の芯に強き発条

バスを待つ青首大根畑まへ

秩父嶺に鈍色の雲冬ダリア

Ⅱ

夢見る鶏

芭蕉忌を修し鷗の目と逢へり

滝涸れて岩一枚の顕はれぬ

草の実やどこにも人が居て食べて

だんだんに一年早し日短か

空蟬は使ひ道なし棚に置く

烏瓜の花にはとりも夢を見る

霜げたる里芋巻繊汁の実に

流木の水に浮く気や冬に入る

青空の真ん中が濃し芹の花

初蝶来土偶に呼ばれたる如く

探梅行探鳥会と道連れに

トラックに電柱積まれ日脚伸ぶ

杉花粉目耳鼻とつながつて

根は蟬の子を養ひつ桜の木

東京都鳥獣保護区蛇の衣

朴咲いて山道暴れつつ険し

山の日のぼんやり映る蝌蚪の池

足音の土に吸はるる花菖蒲

餡パンの中の隙間やさくらさくら
ふた親の寝息きこゆる蕗の雨

花火見に行く宿下駄の歩き方

じくじくと雨水の沁む蟬の穴

青葉木菟首の包帯がきつい

水無月や吸盤白き蛸の足

熊蟬の地に落ちて鳴く岐阜泊まり

蚊帳吊草日はどんみりと西山へ

向日葵の蘂黒々と雨男

秋乾き産まぬ雌鶏捕まへる

柿を買ひ傘を差さうかと思ふ

狐のかみそり崖下に異人墓地

十日夜の藁鉄砲といふ兵器

雁やひとりの家に酒や塩

外郎の歯ごたへに秋深みたり

喉仏は軟骨である冬の月

かたはらに猫を侍らす薬喰

紅葉かつ散る安納芋味のキャラメル

両国の毛深き男なまこ喰ふ

谷間の人家灯ともす夕霰

すずなすずしろ蛇口より水垂れて

顔に泥塗つて新年祝ぐまつり

鳳蝶の脚を垂らして来たりけり

青柿や布教師に母とその妹

湖に日の照り返し青芒

黙祷の後のぼんやり蟬しぐれ

頭から照る日重たし蟬のこゑ

渋柿と知りつつ齧るしぶさかな

死ぬときは痛くないかと窓の月

ゆく秋のものの喰つて口残りたる

飄々と栃木は風の刈田かな

Ⅲ

目薬の木

梅ましろ入棺体験してみるか

昼すぎがゆつくり長し春の風邪

ぎしぎしや棒より強き足二本

あぢさゐの株元乾く小雨かな

雷鳴の遠ざかりゆく目玉焼

子カマキリ子コホロギを捕らへたり

流木の木目あらはや雉子の声

深秋や木乃伊を拝み下る山

新宿が見える高きに登りけり

涼しさや水音立てて海の星

豊年や将門の首宙を飛び

猫じやらし猫が付き合つてくれてゐる

ぬかるみが好きな幼児熟し柿

拝み屋を玄関払ひ年の暮

仏像にガラスの目玉天の川

冬服や海の向かうに山見えて

早世の兄よべたつく雪の道

体温の周りの布団愛すべし

地球儀の斜め上なる冬の蠅

寒晴や高屋窓秋忌もすぎて

初薬師目薬の木を買ひにゆく

焼芋や明かりの下の暗い角

前庭に及ぶ山影冬すみれ

噛み合ひの悪きジッパー蝶生まる

梅林に人まばらなる握り飯

階段に足裏の見え梅まつり

春浅し伸ばして舌の裏おもて

体温をおでこで測り入学す

行く春や自転車は漕ぎ船は浮く

生きてゐるうちに死にたし紫木蓮

仮の世の茄子の枯れし畑かな

封筒の内は藍色濃あぢさゐ

白粉花や誰も知らない子がひとり

青梅雨や急須の口のこちら向き

蹴り上げる鉄棒の子の半ズボン

長生きの爪に皺よる遅日かな

海に出て川の匂ひや星祭

岡田一夫死す

秋暑し弔報は野水のごとく

死んでからは使はぬ頭月涼し

大空を流るる川や鳥渡る

晩年に先がありさう猿酒

梨を剝く雫アマビエの絵の上に

豊年やスケボーの子の宙返り

大根の首ほの暗き野道かな

枯れ急ぐ牛頭天王の屋根の草

初霜を溶かすエンジン音静か

茶の花の傾きがちに飯の国

夕焚火地球の寿命減らしつつ

裏道に抜けて帰りぬ年の市

冬ぬくし西口に出て父に遇ふ

Ⅳ

電柱のなき街

桃咲くや色鉛筆を男嗅ぐ

春寒し風の中なる昼の月

春は名のみの老人の遊びぐせ

ういるすの変身のわざ春埃

大雪の報の外れし兜子の忌

恋猫の声を録音する男

足音は春野の匂ひしてゐたり

散る花やつまづきがちに左足

鳥雲に電柱のなき街を過ぎ

万愚節行き過ぎて猫振り返る

恐竜にまたがる幼児夏に入る

山国の雨の荒さや朴の花

竹皮を脱ぐ尼寺への坂道

遠山のうすくれなゐに花柘榴

老人の空寝一撃梅雨の雷

爪切つて足遠くなる戻り梅雨

飯のあと横になる癖梁に蛇

八月や竹槍の穂も古びたる

手の見えて線香花火に紅い玉

わが前を行く死に神や白絣

手の甲の静脈の盛り青時雨

雷雲の周りの空の青さかな

東京が嫌ひな父の夏帽子

夏枯れの木や大方は楢くぬぎ

カラーコーン轢かれ転がる残暑かな

白髪は母似長寿はさるすべり

香りの輪散る花の輪を金木犀

曼珠沙華また曼珠沙華消えてなし

犬の頭撫でて家出る月夜かな

下駄放り裏と出にけり秋の暮

ミサイルは宙に新酒は盃に

残菊や轍は水を通り抜け

石塀に夕日のぬくみ雪蛍

雌鶏の頭ざらつき冬に入る

冬眠の父の声聞く背山かな

前山に風のなき日や寒苦鳥

初日射す鳥の形の醬油差

不器男忌のゆれながら来る一両車

測候所裏の細道春落葉

禅寺の廊下にたまる余寒かな

長針の上を秒針梅の花

幾人の顔忘れたる春の夢

水掛けて現るる仏や春の山

七草の果てとやぺんぺん草の桴

太陽は背中にひとつ野蒜摘む

春や烈風の街の明るさカレー店

戒名はまだ考へず鳥雲に

飯かるく食べ前山の白つつじ

青空の真ん中淡し桐の花

何枚か踏んだか四つ葉のクローバー

寝ころんでみようか川風の五月

父の日の父を思へば母の顔

あとがき

本句集は『夜夜』に次ぐ第九句集です。題名に特に意味はなく何となく現在の気持ちのままを表したものです。これまで人生、一生、晩年などと言葉にして来ましたが、生老病死という言葉があるように、人生にはなってみなければ分からないことも多くあることを実感しているこの頃です。ただ、俳句があって私の人生に幾分の花が添えられたとの思いも内にあります。

なお一層老後を究めつつ俳句に付き合って行くつもりの現在ではあります。

令和五年七月

桑原三郎

著者略歴

桑原三郎（くわばら・さぶろう）

昭和八年六月六日生まれ

句集に『春亂』『花表』『龍集』『晝夜』『俳句物語』『魁星』『不断』『夜夜』等

「犀」代表

現代俳句協会名誉会員

現住所　〒三五八―〇〇五三　埼玉県入間市仏子二一一五

句集　だんだん

二〇二三年一〇月六日　初版発行

著　者——桑原三郎

発行人——山岡喜美子

発行所——ふらんす堂

〒182-0002　東京都調布市仙川町一—一五—三八—二F

電　話——〇三（三三二六）九〇六一　ＦＡＸ〇三（三三二六）六九一九

ホームページ　http://furansudo.com/　E-mail　info@furansudo.com

振　替——〇〇一七〇—一—一八四一七三

装　幀——君嶋真理子

印刷所——三修紙工㈱

製本所——三修紙工㈱

定　価——本体二五〇〇円＋税

ISBN978-4-7814-1592-5　C0092　￥2500E